우리 시(詩) 한잔 해요

우리 시(詩) 한잔 해요

박범진

망 우

임절미

송지영

이상미

방미연

황지니

구자은

차 례

지나가고 마주할 것들   15
박범진

모먼트(moment)

송지영

첫걸음이 모이고 모여야
인생이 된다   117
방미연

꾸며도 꾸미지 않아도
아름다운 그녀처럼   165
구자은

지나가고 마주할 것들

박범진

박범진   현재 복싱코치로서 단순한 주먹질이 아닌 나만의 철학을 가지고 복싱을 가르치
고 있다. 나는 길을 만들고 내가 가는 걸음에서 많은 것을 배우고 많은 사람을 만
난다. 내가 느끼는 것들과 변해가는 나를 글로 쓴다. 글 속의 나는 머지않아 변할
수도 있다. 내일의 나는 오늘의 글을 쓸 수 없다. 그러기에 소중한 기록이다. 나
는 지금을 살고 나의 내일은 아름답다.

인스타그램: @flow___jin
이메일: qjawls0585@naver.com

당신

흘릴 눈물도 땀으로 흘려 버렸습니까.
책임감에 편히 눕지 못합니까.

그 눈엔 무얼 담았길래 당신 얼굴 하나 담지를 못합니까
그 가슴엔 무얼 참고 있길래 한숨조차 내뱉지 못합니까

왜 그리 버팁니까.

당신은 당신이 맞습니까.
당신은 당신이 있습니까.

당신의 눈이 나를 얼게 했지만
당신의 숨이 나를 떨게 했지만

나는 당신이 아픕니다.

내가 당신을 받칩니다.
내가 당신을 업습니다.

나는 당신으로 웃습니다.

수선화

마른 눈으로 땅을 쳐다본다.
새싹이다.
금방 죽겠지.

비도 없이 너는 조금 자랐나?
그래 조금 지켜볼까.

제법 눈에 띈다 했을 때
너는 몰래 꽃이 되었구나.

내리는 비가 무거웠나.
바람이 아프게 했나.

너는 나왔던 곳으로 돌아갔구나.
너를 다시 볼 수 있을까 하여
필요한 겨울을 채운다.

꽃

봉오리를 맺기까지 참 부단했다.
밖으로 나갈 준비를 한다.
분홍빛 잎을 정성스레 열며
네가 피었다.
스스로 예쁘게.

예쁜 너로 자신들을 채우려
너를 꺾어가는구나.

괜한 심술로
너를 밟는구나.

그래도 너는 다시 핀다.
스스로 예쁘게.

환청

보낼 준비도 못 했는데
저 강물에 흘러갔나
널 부르는 외침은
저 산이 삼켜버렸나

멀어진
네가 내 안에 사무친다.

너를 마음으로 듣는다.

해

졸린 눈 비비며 깬 아기 꽃을
포근하게 안아주는구나.

뜨겁게 내리쬐며
시냇물을 말리는구나.

장난 많은 강아지를
온화하게 지켜주는구나.

밭 가는 소를
비웃으며 괴롭히는구나.

같은 모습의 너를
모두 다른 눈으로 보지만
묵묵히 너의 세상을 여는구나.

강

바위에 부딪히고
수풀에 걸리고
진흙에 느려져도
가는구나.

태양이 살갗을 태울 텐데
달빛도 등진 곳을 혼자서 갈 텐데
온몸을 떨면서도 가는구나.

고여버린 줄 알았는데
조용히 흐르는구나.

멈추지 말아라.
썩어가며 냄새를 풍기지 말아라.

가거라.
너는 바다가 되어라.

사슴

붉은 눈이 가득한
검은 숲속

눈도 제대로 못 뜨면서
내가 어미인 건 어찌 알았니

내 걸음 하나
못 따라오면서
왜 그렇게 쫓아오니

이리들이 이빨을 드러내도
너의 두 눈엔 오롯이 나만 담는구나.

불순물 없이
온전하게 나를 필요로 하는구나.
그래, 그렇다면 나는 너를 안는다.

내 목이 뜯기고 귀가 잘려도
너는 내 품에서 좋은 꿈을 꾸어라.

복서

잽 잽 원투
잘 막았다 생각했더니
옆구리에 대포알이 박혀
장기를 흔드는구나.

잽 잽 원투
잘 때렸다 생각했더니
턱 밑에서 미사일이 솟아
뇌를 흔드는구나.

눈 앞이 까맣구나.
숨 한번 쉬기 힘들구나.

버티자.
떨려도 서있는 다리는 뿌리가 깊다.
느려도 내지르는 주먹은 올곧은 기둥이다.
무서워도 쳐다보는 눈은 열매다.
살아내자.

낮잠

한 뼘도 안 되는 얼굴로
내게 안겨 모든 걸 의지한 채
잠든 너는
세상을 평온하게 하려는지
온몸으로 따뜻함을 전한다.

자신이 여기 있다는 걸 알리듯
꼬물거리며
내 시선을 온통 빼앗는다.

어린아이

흘러버린 시간에도
끈질기게 어리구나.
날 부르지 않고
붙잡고만 있구나.

어른이 되어서야
어린 너를 본다.

나를 기다렸는지
함박웃음으로 운다.

커버린 몸으로
작은 너를 안는다.
눈송이 같은 손으로
나를 토닥인다.

울음조차 삼키던
나의 어린아이가 웃는다.

이제 가라며
네가 웃는다.

내 눈물로
네가 씻겨 사라진다.

시작 노트 ─※

당신

　아버지는 쉽지 않은 존재였다. 내 마음 표현하기 쉽지 않았고 두려움 없이 눈을 마주하기 쉽지 않았다. 그런 아버지가 무섭고 미운 날이 많았다. 시간이 지나며 남자로서 아버지를 바라보며 아버지의 삶을 이해해 보려 했고 존경심과 안타까운 마음도 생겼다. 치열하게 살았을 아버지를 치열하게 살기 시작한 내가 바라본다.

수선화

　수선화에 관심은 없었다. 너도 그랬다. 널 보게 된 건 무심코 숙인 고개에 네가 있어서 쳐다본 것뿐이다. 네가 말라죽던 밟혀죽던 내게 아무런 의미가 없었다.
고개를 숙여 너를 보는 날이 많아지기 전까지는.
내가 너를 눈치챘을 땐 이미 예쁜 꽃이 되어 있었고 바람에 흔들리는 모습조차 나를 아프게 했다. 너를 아끼게 되었다. 그런 네가 떠날 때 나는 네가 피어나고 떠난 그 자리에서 새싹부터 꽃이 되었던 너를 생각한다.

꽃

　나는 내 인생을 산다. 스스로 딱딱한 땅을 뚫고 위로는 새

싹을 아래로는 뿌리를 내린다. 멈추지 않고 어떻게든 봉우리까지 맺는다. 기쁜 마음으로 힘을 내어 꽃을 피운다. 세상이 따뜻하지만은 않다. 노력하는 내 인생이, 내 성공이 너무 예뻐 벌레들이 꼬인다. 괜찮다. 나를 꺾고 밟아도 나는 꽃이다. 나를 꺾어 치장을 해도 나를 밟아 우월감을 느껴도 그들은 꽃이 아니다. 당신은 꽃이다. 뿌리를 내리고 봉우리를 맺고 꽃을 피워라. 짓밟혀도 굴하지 말고 다시 피워내라. 당신은 스스로 예쁜 꽃이다.

환청

너무 그리워 헤맨다. 눈으로 볼 수 없고 귀로 들을 수 없다. 하지만 나는 기억한다. 밖으로 느끼지 못해 내 안에서 느낀다. 방황을 멈춘다.

해

내가 어떻게 살고 어떤 모습으로 보이고 싶어 노력해도 모두가 내가 원하는 대로 나를 보지는 않는다. 쉽지는 않겠지만 그저 나는 내 세상을 나로서 살아야겠다.

강

내가 있는 곳이 어딘지 어디로 가야 하는지 알지 못해도 그저 나아간다. 가끔 멈추어도 괜찮다. 한 번씩 포기해도 괜

찮다. 그 자리에 고여 썩지 않으면 괜찮다. 결국 흘러 바다
가 될 것이다.

사슴

내가 태어나 나를 완전하게 맡기던 사람. 자신도 처음이
었던 엄마라는 역할에도 자신의 방식대로 나를 온몸으로
지키던 사람. 나를 품에 안고 등 뒤에서 세상의 총칼을 다
막아주려던 사람. 덕분에 죽지 않고 어른이 된 내가 지킬
사람.

복서

나는 겁이 많은 성격이다. 두려움에 다리에 힘이 풀리고
주먹이 쥐어지질 않는다. 저 링으로 올라가지 않으면 괜찮
아질까. 나를 노려보는 상대가 무섭다. 그래도 올라간다. 내
다리로 링을 올라간다. 내 주먹으로 상대를 마주한다. 두려
움이 사라지지 않지만 견뎌낸다. 그렇게 살아간다. 두려워
도 앞으로.

낮잠

살아있지만 너무 쉽게 깨질 것만 같아 무섭다. 안았을 때
그 작은 몸에서 나오는 따뜻함은 나를 녹인다.

어린아이

　몸은 다 커버렸지만 내 안에 상처받은 어린아이가 살아있다. 그 아이를 마주하는 건 쉬운 일이 아니다. 무시한 채 살아가기로 한다. 삶 속에 그 아이가 문득 튀어나오는 날은 너무도 괴롭다. 얼마나 아팠을까 얼마나 무서웠을까 그때의 나를 조금씩 마주하기로 한다. 어린 나를 안고 위로한다. 비로소 어른이 되어간다.

비구름

망우

망우

안녕하세요. 망우라는 필명으로 글을 쓰고 있는 신형욱이라고 합니다. 저는 독자 분들이 책을 읽고 "이렇게 생각할 수도 있구나."라고 생각이 들었으면 좋겠다고 생각하며 글을 쓰고 있습니다. 생각은 다르기 때문에 재미있다고 생각합니다. 그러니 틀렸다고 생각하지 말고 다르다고 생각해주시면 좋겠습니다. 부족하지만 여러분에게 한 편이라도 의미 있는 글이 있기를 바랍니다. 감사합니다.

블로그: https://dawnscent-story.tistory.com/

이메일: mang_w00@naver.com

밀물

따스하게 땅을 보던 태양은 커튼을 친다.
그 사이로 기어 나온 나는
채찍 소리처럼 따가운 시선을
살갗으로 고스란히 받아들인다.

고개를 짓누르는 무거운 구름이 나를 쫓는다.
우월감으로 가득 찬 동정이 쏟아져, 나를 물 먹인다.
우산을 펼쳐 막아보지만, 우산에 닿을 때 들리는
그들의 웃음소리가 날카롭게 흘러내린다.

땅바닥을 기어 다니는 벌레들을 본다.
알량한 미소가 입가에 걸린다.
나는 올려다볼 수밖에 없는 것들을
작아진 눈동자로 내려다본다.

구멍 뚫린 잎사귀 위를 힘겹게 오르는 민달팽이와 눈이 마
주쳤다.
입가에 걸려있던 웃음이 툭-하고 떨어졌다.

우산으로 굳어진 표정도 막아보지만
내 바람을 무시하는 바람이 날쌔게 우산을 채갔다.
뒤집어진 우산은 배를 잡고 땅을 구르며 날카로운 소리를
냈다.

축축해진 바닥이 머리와 가까워졌다.

묵음

눈을 떠도, 보이는 것이 없다.
소리를 질러도, 조용하다.
팔다리를 거세게, 움직여도 정적뿐이다.

뚜렷한 어둠 속에 퍼지는
과묵한 비명을 파고드는
경직된 동작은 동시에
공평하게 가라앉는다.

바라만 보는 당신은 무슨 생각을 하는지
달콤한 말로 나를 씁쓸하게 만드는
재주는 어디서 배웠는지

사포질을 해야지, 사포질을 해야지.

침묵은 거친 소리를 만들고
거친 소리는 뇌 주름을 깎아
목각인형이 되는 과정을 겪고 있다.

각인이 사라진 나를 만족스럽게 음미하는 당신에게
내 시선은, 소리는, 움직임은 부드러운 규탄이다.

퇴적층

새하얀 종이 위에 연필 하나 세워두고 흑연 방향에 따라 걸었다.
정처 없이 새겨지던 흔적이 내가 바라는 데로 남겨진다고 믿었다.
혼자 써 내려간 신뢰는 이내 연기처럼 흩어졌다.

길을 잃고 허우적거리는 고집에 내 앞에서 두 손을 모으는 사람들
눈동자를 비우고 바라본 하늘, 펼쳐진 붉은 노을과 푸른 하늘
그 사이를 비집고 들어온 검푸른 흔적이 쌓여 그려진 그림
뒤섞인 깊은 곳으로 안내하는 그 안의 손짓.

사색에 잠겨 숨이 막혀도 잠시 숨을 돌리고 싶다는 생각 따위 해본 적은 없었다.
가라앉아 아무도 발견하지 못한다고 하더라도 나쁘지 않다고 생각했다.
어디로 흐를지 모를 생각에 몸을 맡기고 무책임하게 흔들렸다.
들려오는 시선과 표정이 나를 뭍으로 꺼내려고 한다.
버텨봐야 주어지는 것은 뾰족한 손가락뿐이란 걸 알고 있다.

시선을 흐리게 하는 손가락이 결국, 내 입꼬리를 쓱 올려줄
날이 오지 않을까.

기대와 기다림 사이에서 다시 연필을 쓰러트릴 준비를 한다.

나이

계절의 흐름이 조금 낯설어서
새하얀 입김이 빠르게 느껴지는 그런 날엔
풍경이 낡은 공원을 찾아 서성이곤 한다.

가지가 야위어 가는 단풍나무 아래
잔뜩 웅크린 낙엽은 밟지 않게.

삐걱거리는 손을 집어넣고
등받이에 삼켜져, 목에 힘을 풀면
구름이 완전히 얼어버리는 것 같다.

구겨진 담뱃갑은 이가 빠진 불량식품이 되고
사포처럼 까슬한 수염은 맑은 솜털이 되고
친구들의 웃음소리가 아른거린다.

가슴 속 누런 사진에 담긴 공원은
물방울을 머금기 시작하는 흙냄새 때문에
검게 타오르며 삭막하게 채색된다.

한두 방울씩 버려진 빗방울이
겁먹은 낙엽을 토닥토닥, 위로 내린다.

늦은 말

도로 위를 달리던 불빛이 멈췄다.
심장을 귓가에 가져다 댄 것 같았다.
떨리던 모든 것들이 굳은 채로, 한 마디를 기다렸다.
네가 건넨 목소리가 모든 시간을 쓸어 내렸다.

꽃길을 걸을 땐 내 손에 네가 있었고
지긋이 서로의 눈길이 닿으면 숨을 나눴고
하루치 별이 흐를 때면 체온을 확인했다.

몰래 올려보냈던 생채기가
수증기처럼 쌓여, 맺혔던 것들이
한 폭의 그림 같던 우리 사이로
얄궂게 스며들어 번져버렸다.

식어버린 눈
지쳐버린 입술
비어버린 손가락
덧칠해진 것들 뒤로
여백의 미를 그리기로 했다.

홀로 남은 무신론자의 두 손 가지런한 기도는
선명이 남은 미소가 계속 되길 바란다.

꽃이 피기전에

겨울은 마지막 눈송이를
살포시 봄에게 건네요.

끝나지 않는 찰나에
깊고, 깊게 천천히

스며들길.

겨울은 봄을 불러도
봄은 겨울을 부르지 않는다는 걸 알아요.

그 따스한 매정함에
길고, 길게 천천히

스며들길.

겨울의 눈송이가, 꽃송이가 되길 바라요.
봄의 꽃송이가, 눈송이를 기억하길 바라요.
소복이 쌓였던 기억이 잔잔히 피어나길 바라요.

수묵담채화

먹으로 물든 하늘을 배경 삼는 꽃을 기억한다.

햇빛을 담는 보석이 맺힌 꽃잎과
갓 태어난 새끼사슴의 뉘앙스를 풍기는 줄기
에스코트 받는 여인의 손처럼 늘어진 잎사귀
나약한 바람에도 쓸리는 풀을 입은 언덕.

그 아래, 거창하게 찍힌 낙인.

棺(관)

밤꽃놀이

붉게 물든 눈두덩 아래
새하얗게 질린 아비의
손을 잡은 꽃봉오리는
분내 가득한 기와 아래로
속절없이 흘러 들어갔다.

만개한 꽃들 사이에서
자라난 꽃봉오리의 노랫말

나는 밤에 피는 꽃이에요.
나는 밤을 파는 꽃이에요.

화려한 천을 걸치고 손님을 기다려요.
선택은 받고 싶지 않아요.
건드리지 않고 가는 손님의 손길이 아쉬워요.
입에선 안도의 한숨이 나와요.

오늘 밤이 끝나기 전에 팔리지 않으면
내일 밤까지 아프지 않아도 돼요.
내가 아파야 모든 것들이 아프지 않아요.

그러니까 기다리고 있어요.
아프게 해주길 기대할 수밖에 없어요.

꽃놀이를 시작하면 즐거워요.
누가 그래요, 믿으면 그렇게 된다고 해요.
그러니까 그럴 거라고 믿어요.

점잔 떠는 손님들에게
향기를 빨리고
꽃잎을 내어주고
줄기가 꺾여요.

한 명이 어려울 뿐이에요.
그다음부턴 입꼬리가 올라가고, 비스듬하게 깎여나가요.
어둠이 맺힌 이슬을 숨죽여 떨어트려요.

오늘도 무사히 별이 지고 있어요.

틈새

풀내음 사이 사람들이 꽃 피는 곳
지평선 너머로 고개 숙인 태양
게으르게 펼쳐지는 푸른 주단

공원에서 찰랑이는 전구
스쳐 지나가는 눈길
노란색 공기와 하늘색 음표

빈 곳을 채우는 웃음소리
목적지가 없는 발자취

한 줌의 재를 남기려는 몸짓은
하루가 짧다고 얘기한다.

돌아가는 길에 오르긴 어렵고
우두커니, 어두운 침묵을 바라본다.

끝과 시작 사이 단절된 흐름.

나들이

하얀 옷은 곱게 접혀 모래 속으로
여인의 구겨진 신발이 흔적을 남겼지만
발자국은 이미 파도에 사라졌다.

한 조각 노오란 쪽배 위로 올라
달이 만든 길을 쫓아
별에 부서지는 파도 소리를 따라
빛으로, 빛으로 춤을 춘다.

별 가루는 쪽배를 가득 채우고

반짝-

바다에 녹아 사라진다.

잠긴 여인의 입술이 달에 닿으면
검붉은 은하수가 피어난다.

동이 트면 제 주인 못 찾을까
두려운 신발은 구겨진 제 몸, 필 생각 못 하고

파도가 내민 손을 잡고 따라간다.

우두커니 서 있는 내게 다가오는
딱따구리 한 마리 내 가슴

딱딱-

두드린다.

시작 노트 ─✳

글을 쓰고 싶다고 생각한 건 중학교 3학년 때부터였습니다. 책을 끝까지 읽는 것이 무서웠습니다. 그래서 글을 쓰고 싶다고 생각했습니다. 언제나 지루하다고 느끼던 삶을 벗어날 수 있는 수단이었습니다.

그리고 저는 감성적인 사람이지만 감정은 늦게 깨닫게 되는 사람이라 응어리가 생겨도 풀리지 않는 경우가 많았습니다. 글을 쓰는 것은 그 응어리를 푸는 하나의 수단이기도 했습니다.

지루한 삶을 살게 만든 신을 원망했고, 내가 신이었다면 달랐으리라 생각했습니다. 신이 되고 싶었습니다. 그래서 지루하지 않은 세계관을 만들고 싶었습니다. 하지만 장편소설은 고사하고 단편소설도 완결 내기란 어려운 일이었습니다.

그래서 소설보다 시가 쉬워 보였습니다. 짧은 글귀지만 작품이라고 불리는 데는 이유가 있는 것인데, 그때는 시를 쓰는 것이 소설 쓰는 것만큼 힘들다는 것을 몰랐습니다. 그래서 시 부문으로 학생 때는 여러 백일장에 나갔습니다.

단 한 번의 장려상을 제외하면 수상 경력은 없습니다.

변덕쟁이인 제가 유일하게 놓지 않았던 것이 글을 쓰는 일이었기 때문에 많은 시간이 지난 지금도 여러 공모전에 도전하고 있습니다. 좋은 결과는 없었지만 저는 그래도 글을 쓰고 있습니다.

글감이 되는 것은 다양하지만 저는 특히 퇴폐미를 사랑합니다. 어둡지만 아름다운 느낌이 잔잔하게 기분을 가라앉히기도 하고 고양되게 만들기도 합니다. 그래서 제 글귀는 묘려했으면 좋겠습니다. 빗물이 마를 때까지 시간이 걸리는 것처럼 읽고 나서 감상이 천천히 증발했으면 좋겠습니다.

시험문제로 시를 접하던 사람들에게 시를 보여주면 분석하고 해석하려고 합니다. 굳이 그러지 않았으면 좋겠습니다. 그냥 있는 그대로 느껴주셨으면 좋겠습니다. 본인의 느낀 그 감정 자체가 좋다고 생각합니다. 그러니 작품에 대해 세세한 설명은 하지 않겠습니다. 단지 제 작품들은 제가 느낀 다양한 아름다움에 대한 서술이라고 생각해주시면 감사하겠습니다.

그래도 궁금하신 분들은 작가 소개말에 블로그 주소와 이

메일을 남겨두었으니 방명록이나 이메일로 질문 남겨주시
면 성실히 답변해드리겠습니다. 감사합니다.

(추가로 '묘려하다.'의 뜻은 "기묘하고 아름답다."입니다.)

열정에이드

임절미

임절미   글을 내놓기 전에는 여러 경험들과 많은 생각들로 오랜시간 우려내고, 내놓을 때
는 빨리 맛볼수 있고 더없이 맛있는(絕味) 그리고 정과 인생을 느낄 수 있는 국밥
같은 시인이 되고싶은 샛별입니다. 처음 뵙겠습니다. 잘 부탁드립니다. ^_^

인스타그램: @1004_artist

#1

연기(煙氣)

쇼팽의 음악을 들어요

하얀 선율들이
진주가 또르르 구르듯
피어내려요

한 번 더보니
우리춤을 보는 것 같아요

뽀얀 풀치마가
바람에 휘날리는 듯
꽃이 만들어져요

두 번 더보니
솜사탕을 만들어요
실타래마냥 둥글게둥글게 흩어져요

세 번 더보니
꿈꾸다 깬 듯 사라졌어요

어렴풋이 잔향기만 떠나지못해요

#2

아버지

우리는 삼남매라
양쪽 어깨로는
부족하셨을 아버지

아침일찍 출근해
돈 벌어오시던 아버지

어른되면 회사에서 하루종일 있는 게
안락한줄 알았어요
새벽 공기 마시는 게
상쾌한 줄 알았어요

술 권하는 사회에 취해
귀가하실 때
늘 더 필요한 거 없냐고
물으시던 아버지

다 해진 휴대전화 가죽 케이스를

십수년간 사용하시고
큰 욕심 없으셨던 아버지

반짝이는 새 것들을
안좋아하시는줄 알았어요

앓으실 때도
늘 괜찮다 안아프다
하시던 아버지

어른이라
아빠라
안아픈줄 알았어요
그때는 몰랐어요
당연한줄 알았어요

#3

규칙

07 00 기상
07 50 외출
08 05 탑승
08 40 하차
08 50 뱅쇼
08 55 신문
09 00 반
12 00 충전
14 00 약물
18 00 끝의 시작
19 00 충전
20 00 진짜 시작
22 00 시작의 끝

#4

식곤증

서늘하지만 차갑지않은 공기
따사로운 햇살을 뒤로하고
자리에 앉았다

목구멍에 개미가
느릿느릿 걸어가는 듯한 간지러움

목과 어깨의 근육이 딴딴해져
돌덩이가 누르는 듯

눈커풀 위에 한 가닥씩 실을 올려
조금씩 무거워지듯

몸이 불어나는 느낌

음식이 담겨 꽉찬 배는
의자에 껌처럼 달라붙어
움직임이 0.5배속으로 느려져

마음같아선
내 몸뚱이 하나 뉘일 곳
필요하나

이 빌딩에 아주 살짝이라도 없으니
아 서글퍼라

#5

수능

얼마전까지만 해도
기억나던 뭉게구름들

시험볼 때의 그 떨림
동생들 수능볼 때
내 시험보다 더 기도했던
간절함

하나도 기억나지않고
전혀 느껴지지않는다

이제 나는

잊고싶지않은
그 때마다의 사진들을,
말랑함 혹은 딱딱함을
시로 스케치하겠다
색감을 입히지는 않겠다

먼 훗날
나에게 주는 작은 선물
본연 그대로의 향, 촉감은 다 사라지고
잔향만 남아있더라도
삶을 추억 할 수 있게

#6

하얀 그림자

하얀 그림자를
갖고있었습니다

손은 차가웠으나
따뜻한 마음이 느껴졌습니다

손은 보드라웠으나
단단한 결심이 전해졌습니다

눈은 맑은 바다와 같았으며
머릿결은 비단보다 고왔습니다

다시 볼 수 없을 것만 같은
순수

다시 한 번
뵙고자합니다

#7

달

이루지못한 꿈이
있던 것 처럼

잊지못한 사랑이
있었던 것 처럼

달을 보면
울컥해집니다

괜스레
보고싶은 사람들의 모습도
생각납니다

온세상 사람들이
같은 달을
보고있는데

다른 빛깔을
경험한다고 생각하니

왜인지모르게
더욱 서글퍼집니다

#8

한바탕 낮잠

한바탕 낮잠 자고싶다

고요한 집 안에서
보일러를 살짝 키어
온기를 가두고

푹신하고 익숙한 침대에
홀로 누워
눈을 감는다

조용한 공기를 천천히 느끼며
아늑한 향기에 취해

포근한 인형을 친구삼아
잠을 청한다

어두울 때
다음날을 걱정하는 밤잠과는

색다름

이 느낌 그대로
푸욱 잠들어

깊게깊게
단잠에 빠지고싶다

#9

길

누군가는 문앞에서 신분을 확인하고
걷기편한 지름길로 들어선다

사람들은
그 문 옆길
숲길처럼 정돈되지않은 길을 걸어간다

어떤 사람은 손전등을 키고
눈 앞에 장애물을 확인하며 걸어가고

나와 당신은
어둠속에 보이지않는 길을
팔짱을 끼고

서로를, 서로만을 의지한 채
묵묵히 걸어간다

손난로보다 포근한
당신의 체온을 안고
당신을 믿고 나를 믿고

걸어간다
계속 걸어간다

#10

고민

퇴근길
돌고돌아가는 버스를 탔다
앉아서 퇴근하는 게 얼마 만인지

버스에 앉아
오늘 밤에 뭘 할지
한참을 고민했다

그림을 그릴까
책을 읽을까

고민하는 주제가
솜사탕처럼 달콤한 게
행복이라던데

참 행복한 날이다

#11

내 세상은 아직 눈을 못봤어요

내 세상은 아직 눈을 못봤어요
그대 세상은 하얀 솜이불로 가득하던데

나는 아직 그 푹신함을 못봤어요

꽤 많이 두근거리는
하얀 꽃 날림

보고싶은데 보고싶지않아요

한 해가 다 타고 재만 남듯
조급해지고
미련의 파도가
마음 깊이 일렁거려요

그 포근함을 아늑함을
보고싶은데 또 보고싶진않아요

#12

연극

눈을 감아요
잠을 청해요
그 짧은 시간에 준비를 마쳐요
많은 눈 앞에 나를 내보일 준비를

눈을 떠요
아침이 돼요
연기를 해요
안슬픈데 슬픈척
안기쁜데 기쁜척
나를 보고
웃어요 울어요
비웃어요 하품을 해요

다시 눈을 감아요
저녁이 돼요
온 세상이 캄캄해요

옷을 갈아입고
다시 눈을 떠요
밤이 됐어요
다른 사람인 척 연기를 해요

모든 극을 끝내고
눈을 마지막으로 감아요
영원히 잠을 청해요

#13

동백손톱

동백꽃 손톱이 찢겼습니다
부러지지않고
부셔지지않고
없어지지않고
계속 상처가 붙어있습니다

타는 심장이 조각났습니다
부러지고
부셔지고
없어졌습니다
더 이상 상처는 사라졌습니다

#14

낭만

파도는 흩어진다
시간은 온다
눈물은 멈춘다

파도를 안고싶다
그러나
품 사이로 빠져나가는

시간을 붙잡고싶다
그러나
눈 앞의 연기로 사라져가는

눈물을 흘리고싶다
그러나
마음에 머금고만 있는

시작 노트 一✳

#1 연기(煙氣)

평소 쇼팽의 음악을 즐겨듣는 필자가 그 날도 역시 쇼팽의 음악을 들으며 페이퍼 인센스를 태우면서 연기를 보며 쓴 시이다. 불멍이나 연기멍을 보면서 읽어주시기를 추천드린다.

#2 아버지

아버지를 존경하고 사랑하는 필자이지만 썩 표현을 많이 하지는 못하는 필자가 직장을 다니면서 좀 더 아버지에 대해 이해하게 되면서 쓴 시이다. 세상의 모든 아버지께 위로가 되는 시가 되길 바란다.

#3 규칙

인생을 정말 귀찮아하는 필자가 그래도 어느정도 루틴화된 삶은 그닥 스트레스 없이 살아가는 것에서 착안하여 필자의 하루를 코드처럼 표현해 본 작품이다. '진짜 시작'은 책 읽고 시 쓰는 직장인의 삶에서 벗어난 필자의 새 자아를 말하고자했다.

#4 식곤증

가을에서 겨울로 넘어가는 환절기에 점심식사를 끝내고 일을 시작하는 직장인의 애환을 담은 작품이다. 졸리고 잠들고 싶지만 일을 해내야만 하는 책임감을 지닌 필자를 비롯한 세상의 모든 직장인들에게 공감이 되었으면 좋겠다.

#5 수능

수능날 1시간 늦게 출근하면서 집필한 작품이다. 동생들이 재수를 하는걸 겪으면서 필자의 수능을 비롯하여 꽤 많은 수능을 겪었는데 몇 년이 지난 지금 기억이 잘 나지않는 것이 신기하면서도 슬픈 감정이 들어 작성했다.

#6 하얀 그림자

그림자가 보통 검은 색인데 순수한 대상은 그림자도 흰색일 것만 같은 생각이 문득 들어 쓴 작품이다. 순수함의 대상은 사랑하는 사람, 천사, 순교자 등 여러 대상에 투영할 수 있는 시이다.

#7 달

레드문을 보면서 작성한 작품이다. 달을 보면 평소에 느꼈던 감정들이 더 강화되는 느낌을 받는데 그 순간의 감정을 표현하고자 했다.

#8 한바탕 낮잠

필자는 낮잠자는 것을 참 좋아하고 실제로 잠이 많은 편인데 그때의 느낌이 너무 좋아서 기록하고 싶어 작성한 작품이다. 낮잠을 자고싶지만 못 잘 때 회사에서 가끔 꺼내보는 시이다.

#9 길

필자가 엄마와 함께 밤늦게 공연을 보고 공원을 걸어가면서 쓴 시이다. 어둡고 포장되지 않은 길을 걸으면서 서로를 믿고 세상을 걸어가는 우리들의 삶을 표현하고자했다.

#10 고민

행복이라는 것이 참 어렵고도 쉽다는 것을 표현하고자했다. 실제로 야근없이 퇴근하는 필자가 그 날 정말 하고싶은 일들을 생각하며 퇴근하는 것이 너무나 행복했고 그러한 행복은 멀리 있는 것이 아니라 눈 앞에 있다는 것을 다시 한 번 깨달으면서 집필했다.

#11 내 세상은 아직 눈을 못봤어요

한창 눈이 많이 오는 시기에 유난히 필자가 사는 지역은 눈이 안왔던 기간이 있었다. 첫눈을 보는 설렘을 경험하고는 싶지만 눈이 온다는 것은 올 해가 끝나간다는 것을 의미

하기에 아쉬운 느낌도 같이 공유하고자했다.

#12 연극

필자는 연극보는 것을 참 좋아하는데 이 날도 역시 연극을 보고나서 작성한 작품이다. 연극이라는 것이 우리의 인생과 닮아았다고 생각이 들어 표현하고자했다.

#13 동백손톱

필자는 네일아트를 자주하는데 빨간색으로 네일을 한 시기에 손톱이 꽤 많이 찢어져 한동안 밴드를 붙이며 불편하게 산 경험이 있다. 차라리 눈에 안보이면 거슬리지 않을텐데 라는 생각으로 아파도 차라리 한 번에 아픈게 낫지 않나 라는 생각에 작성한 글이다.

#14 낭만

낭만이라는 단어가 물결(파도)이 흩어진다라는 한자로 되어있는 것을 알고 영감을 받아 쓴 작품이다. 낭만이라는 것이 참 좋지만 한순간이라는 것을 표현하고자했다.

모먼트(moment)

송지영

송지영　시 안에서 나는 무한한 영감(靈感)들과 헤엄칠 수 있다.

볼 수 없던 것을 보고, 갈 수 없는 곳을 가볼 수 있는 시.

그 매력 안에서 감정의 숨김없이 울어도 보고 웃어도 보면 좋겠다.

인스타그램: @szzgaezzum

선과 바다

너와 함께 보고 싶던 밤바다를 떠올렸는데
이 밤의 하늘인지 바다인지 끝을 모르겠더라

광활한 하늘 같기도, 드넓은 바다 같아서

헷갈리게 하고
깨닫게 만들더라

내가 바라는 것들은 흐릿했고
네가 바라보는 것들은 뚜렷했으니까

나 홀로 바라본 밤바다엔 별들이 수없이 많았어

바다 위를 헤엄치는 별들은 혹여 저 깊은 바닷속에 빠질까
연신 숨을 쉬듯 반짝이며 빛을 내었고,
검은 바다에 묻혀버릴까 헤엄치는 발버둥 같기도 하더라

한 점과 다른 점을 가장 빠르게 잇는 선

나의 바다와 하늘의 선을 그어줄래

너 없이는 나의 바다가 깊고 검은 바다가 되고
네가 없이는 내 하늘은 멀게만 느껴지거든

내가 별이 되어 너에게
내가 여기 있다는 걸,

내가 빛을 내어 너에게
여기 내가 있다고 말할게

너는 나에게 닿을 수 있는 선이 되어주라.

2021년의 바다

밤바다의 하늘은 경계를 허물어 놓는다

눈앞에 보이는 모든 것이 하늘 같으며

번쩍이는 등대는 별 빛 과도 같아

몽롱한 눈빛으로 보게 된다

오묘한 바다는 매일 다른 파도소리를 들려주고

파도는 어디로 칠지 모르며

어떻게 밀려올지

모른다

그냥

바다는

마음이었다.

조명

잠에 들기 전 은은한 주황색 조명을 켠다.

마음이 편안해진다.

몸은 나른해진다.

조명의 색깔은 나에게 어떤 영향을 줄까

집에 들어와 밝은 형광등을 켠다.

눈이 아프다.

사물들과 내가 너무 밝은 곳에 있기 부끄럽다.

주황색 조명을 켠다.

주황색 조명에 나는 숨는다.

모습을 감추고 살아간다.

조명 속에서 나는 잠에 들고 잠에서 깨어난다.

마음

마음 하나를 건네
나에게 남은 마음은 몇 개일까

네 손에 쥔 마음을
컵에 따라봤다

컵 위로 엷은 김이 올라왔다
너는 두 손으로 컵을 감싸 안고

색이 없는 미소를 지었다

마음을 따른다면

마음은 물 같은 걸까

남은 하나를 건네
컵에 따라주었다

줄
줄

구멍이 생겨난 컵
아래로 쏟아졌다

눈물이 습관이 되어버린 나는
멍하니 바라보았다

아직 눈물이 남아있다는 게
믿어지지 않는 듯

고개를 들어
색이 없는 미소를 지었다.

12월의 출근길

오전 7시 엉엉 울어대는 휴대폰 알람

돌돌 싼 이불 김밥 속 단무지는 나

잔뜩 찌푸린 실눈으로 인터넷 세상에 접속한다

휴대폰 위를 날라다니는 엄지손가락

동이 트기 시작하는 하늘보다 밝은 지하

오리털 패딩보다 따듯한 지하철 2호선

유리창문 빼곡한 빌딩 숲

탁탁 타닥타닥 추위와의 탭댄스

12월의 퇴근길

오후 6시 베일 듯 빠르게 퇴근을 한다

버스를 기다리는 길게 늘어난 치즈스틱

옷깃만 스쳐도 인연이라던데 이 많은 이들이 내 인연이라
는 생각을 하며
꾸깃꾸깃 전철 안으로 들어간다

땅 위로 올라오니 12월의 찬 공기는 시원하게 느껴지고

비우지 못 한 쓰레기통처럼 가득 차 있던 하루가 풀리고 어
깨가 아파왔다

세수를 하며 마주 본 거울과의 체크무늬 대화는 나만의 작
은 비밀.

눈 내리는 계절

후-
하얀 입김
차가운 공기와의 호흡

코 끝과 두 볼이 붉어진다

하얀 나무는 무대가 되고
그 위로 춤을 추는 알전구들

겨울이 좋다

추운 날씨를 핑계 삼아
너의 옆에 더 다가갈 수 있으니까

소복소복,
검은 코트 위 떨어지는 눈송이

너를 기다리는 이 시간은 왜 이렇게 따듯할까

끼고 있던 장갑을 가방에 두었다

다음 장면엔 용기가 필요하겠지

손이 시리다며 너의 손을 잡아 볼 용기….

1부터 3까지 속으로 외치고
너의 팔을 당겨 잡았다.
.
.
.
"연말이라 거리가 사람들로 북적이고 복잡해"라고 말하며

두 볼은 더욱 붉어진체,

눈 내리는 12월의 어느 날을 너의 손을 잡고 걸었다.

시작 노트 ─✳

  처음 시집을 사서 읽었을 때가 생각이 납니다.
나만의 생각으로 글을 조금씩 적어보고 읽어보며 시라는
게 이런 건가 하는 생각과 물음이 있었고 그러다 이런 좋은
프로젝트가 있다는 걸 알게 되어 참여해보게 되었습니다.
어려움도 있었지만 해보고 싶은 걸 하고 있다는 행복감이
진하게 남았습니다.

  #선과 바다라는 작품은 저에게 큰 깨달음을 겪게 해 준
사람을 생각하며 써본 글입니다.
  그 사람은 낮바다 보다 밤바다를 좋아한다고 하여 밤바
다를 배경으로 시작하게 되죠.
  #2021년의 바다는 앞선 #선과 바다의 이어지는 감정선
이라 표현하고 싶어요.
  #조명은 실제 저의 일상 중 하나의 장면입니다. 집에 들
어와 자연스럽게 형광등이 아닌 조명만 켜는 저를 보고 문
득 나는 왜 밝은 형광등이 싫을까?라는 생각이 들면서 그
감정 그대로의 글을 써 보았습니다.
  #마음이라는 글을 쓸 때에는 연인과의 관계 속에서 꺼내
어 보여줄 수 없는 답답함을 갖고 지내던 마음의 표현적 한
계를 생각하다 써보았는데요. 서로의 마음을 알고는 있지

만 계속하여 궁금하고 의심하는 마음들로 인하여 결국 점차 흐릿해지는 마음을 글로 표현해봤습니다.

#12월의 출근길과 #12월의 퇴근길은 마치 저의 일기장이라 생각합니다.

#눈 내리는 계절은 겨울만되면 괜스레 설렘이 차오르는 기분을 좋아하는 이와의 관계가 시작되어가는 모습으로 표현하여 글로 써 보았습니다.

읽기 편한 시가 되었으면 좋겠습니다. 오늘도 인상깊은 하루를 사느라 고생많으셨습니다.

다시 꿈꿀 수 있다면

이상미

이상미   비 오는 날 엄청 좋아함. 사람이든 물건이든 특이해야 좋아함. 향수, 향초 등 각
종 향기나는 것 좋아함. 아직도 엄마랑 노는 게 제일 좋음. 순대국밥 좋아함. 남
편이랑 자전거 타는 것 좋아함. 에스프레소 좋아해서 한번에 네 잔까지 마실 수
있음. 첫사랑이나 설렘 같은 단어에 환장함.

인스타그램: @ ub_note

그대를 사랑함이

그대를 사랑함이
나를 시인되게 하였습니다

그대 이름
읊조리며
지샌
수많은 밤들이

그 밤
누가 볼까봐
숨이 차도록
숨죽이며
훌쩍이던 눈물이

나를 시인되게 하였습니다.

미웁지만
이 시로
감사를 전하는 것은

내가
시인이 되었기 때문입니다.

변명

시를 쓰기 위해 설렘이 필요했고
설렘을 위해 네가 필요했다

슬픔

한 줌 그리움으로 출발해
마침내 도착하는 종착지

주고 싶은 마음이 남았는데
받으려 하지 않는 그대

쉼없이 헤매이는
긴긴 밤

아스라져
다시 한 줌으로 남는
그리움

커피

나를
시인으로 만들어 주는
친구

재즈의 향기에
적절한 온도가 더해져

한입 머금으면

마음은 녹고
생각은 잘 닦인 와인잔 같아져

희미했던
당신 얼굴
떠올려주네

바램

나의 시로 당신을 살찌우고 싶어

울고 있는
당신에게

성큼 다가가
품어 안을 수 있는
모성이기를

유려하게 다듬어진 표현이 아니어도

나의 시어들로
당신과 눈 맞추며

당신을
나만의 다수움으로
토닥이며

그렇게
마음 고픈 당신을

그득 채워
시의 품에 재우고 싶어

11월 1일

아빠를 소나무 아래 묻고 돌아오던 날

결국 한 곳을 향하고 있지만
제멋대로 뻗어 있는 가지들을 보며

어쩜 나무가 아빠를 꼭 닮았냐며
엄마랑 상옥이랑 나랑 아빠 흉봤어

연천까지 오고 가는 길이
마침
가을도 덧입어 이쁘니
좋은 장지 찾느라 수고했다고
상구도 칭찬해주고

......
산 같던 아빠가 한줌 가루가 되어
소나무 아래 묻히던 날

실은 내 마음도 부서져서
돌아오는 차 안에서

박서방 붙잡고는
목놓아 울었어

보고싶어 아빠

서리

● 배깥이 추운께 엄니 머리에도 서리 왔는갑다, 안그려,
　성?

●● 으구, 이 밥통! 저건 머리가 허옇게 쉰겨

● 머리카락은 왜 허옇게 되는디?

●● 고생하고 속상하니께. 전에 할배가 그러더구면

● 그럼, 성 때문이구면. 성이 만날 엄니 속상하게 하잖여.
　새참도 만날 놓구 가서
　엄니 고생도 시키고

●● 뭐여? 아녀! 아녀… 엄니! 참말인가? 나 땜시 엄니 머리
　쉬었는감?

●●● 내 머리? 아녀. 원래 그렸어. 동식이 니 때문 아녀.

●● 엄니 이뻤다더만. 처녀 때 고왔다더만.

●●● 아이고! 누가 그랴. 나는 그런 시절 없었구면

● 이- 나도 들었는디. 개똥 엄니가 그라드라고.
　울 엄니 고울 때는 동구밖까지 남정네들이 목 빼고 있었
　다더만.
　그럼 그 때도 시방마냥 머리가 허였어?

●●● 아이고, 그 여편네, 별소릴. 아녀, 아녀. 나는 그런 일
　없었구면.

● 에이, 그럼 엄니한테 있는 건 뭐여?

● ● ● ......

● ● 　암것두 없남?

● ● ● 　느그들. 느그들이 있잖여, 그러면 된거구먼

새벽

어둠을 이기며
곱게 퍼뜨는 밝음은

지친 어제를
오늘의 소망이 되게 하려

오묘한 물
모든 것의 근본인 푸르른 것들을
사랑스레 살지우는
이슬을 머금고

거창하지 않아도
삶을 채우는 것들을 나눌 줄 아는
미쁜 내가 될 수 있다고

행여나 잊을까봐
오늘도 어김없이 찾아온 새벽

불통

나의 언어는 시냇물입니다.
당신의 언어는 하늘인가 봅니다.

아무리 재잘대도
당신은 내 말을 알아듣지 못합니다.

내가 더러 굽이치는 모퉁이를 돌아
내 안의 바위에 부딪쳐
소용돌이를 만들어도
당신은 내 말을 모릅니다.

당신이 되고파서
내 안에 당신을 담아보지만

나는 지렁이만큼이나 될까요?

당신이 태양과 더불어 작열할 때
나는 바싹 타들어가고
당신이 비를 떨어뜨릴 때
나는 요동하지만

나는 티끌만큼이나 될까요?

우리는 언제쯤 같은 소리로 대화할 수 있을까요

그대가 그리운 날에

그대가 그리운 날에
꽃을 샀습니다

빛나던 그대를
보라색이라 하면 좋을지
주황이라 하면 좋을지
한참을 되뇌이고

그대의 향기와 음성이
하늘거렸는지, 촉촉했는지를
가늠하다보니

그대와 나의 한다발 추억이
더욱 그윽해졌습니다.

시작 노트 ─✳

  고등학교 후배한테 연락이 왔다. 비공개인 내 SNS 계정
의 여전한 아이디를 보고 혹시나 하고 DM을 보냈다고 한
다. 그러면서 나와 연락이 끊긴 지가 10년이라고 했다. 친
한 사람들과 연락도 않은 채, 무려 10년간 나는 무엇이었
을까.

  되짚어 보니, 그 시간을 세 아이의 엄마로, 과외 선생으
로 최선을 다하며, 바쁘게, 또 의미 있고 행복하게 지냈다.
그런데도 그 '10년만'이라고 하는 말에, 가슴 한 켠이 휑해
지는 마음이 든 것은, 아무리 생각해도 시가 이유였다.

  유독 까만 피부를 갖고 태어났다. 얼마나 까맸는지 할아
버지는 아기인 나를 보고 말똥을 포대기에 싸안고 오는 줄
알았다고 했다. 그래서 학창시절의 별명도 늘 '깜상'이나
'깜씨'였는데, 희한하게도 내 시를 읽어 본 친구들은 나를
내 이름으로 불러주었다. 그때부터였던 것 같다. '시를 쓰
는 것'이 '나'라고 생각한 것은. 시를 쓰기 위해서 늘 설렘
이 필요했고, 설렘을 위해 시의 마음으로 세상을 바라볼 때
살아있음을 느꼈다.

  시 없이 10년이나 지나 40대 중반이 되었다 생각하니,
삶이 아까워지고, 마음이 조급해지고, 다시 간절히 꿈꾸고
싶고, 설레고 싶어진다. 소중하고 고마운 사람들, 삶의 순

간들과 마음들을 나의 시어로 남기려는 간절한 바램은, 내
가 바라는 가장 큰 행복이다.

첫걸음이
모이고 모여야
인생이 된다

방미연

방미연 경기도 부천 토박이가 남편을 따라 경상북도 구미에 와서 13년째 살고 있다. 책읽기를 좋아해 독서 리뷰 블로그를 운영 중에 있다. 또한 구미에서 위니쌤 영어 공부방을 운영하며 아이들을 가르치고 있다. 주 관심사는 언어이다. 생각이나 느낌을 전달하기 위해 사용하는 언어를 연구하기 위해 언어 코칭 대학원 입학을 앞두고 있으며 우리가 가진 아름다운 언어로 더 멋진 시를 써보고 싶다.

인스타그램: @winnie_winnie79,

블로그: blog.naver.com/greenmy2,

이메일: greenmy2@naver.com

첫걸음

조심스레 한걸음
세상에 첫발을 내디디며
넘어지고 일어서기를 반복하다
작고 작은 발로
처음 걷기 시작했던 너의 첫걸음

푸르른 하늘을 바라보며
하나! 둘! 셋!
날기 위해 날갯짓 하는 아기 새처럼
씩씩한 척했지만
마음은 두근두근했을
3월의 어느 등굣길 첫걸음

소중한 꿈 이루기 위해
홀로 탔던 첫 서울행 KTX
설레면서도 두려웠을
기차에 내딛던 너의 첫걸음

첫발을 내딛는 흔들리는 발걸음
멈출 줄 모르는 마음의 요동 소리를 쓰다듬으며

용기 있는 척, 씩씩한 척했던
모든 게 처음인 그때

괜찮아!
엄마도 그랬어
모든 게 처음이었어
집을 떠나 누군가의 아내로 사는 것도
뽀얗고 예쁜 아가를 만나는 것도
뭐든지 이겨내는 씩씩한 엄마로 사는 것도

살아보니 알겠더라
떨리는 첫걸음들이 모이고 모여야
인생이 된다는 것을
응원해!
너의 소중한 첫걸음들을...

오늘도 걷는다

물이 흐른다
흐르는 길을 모르는데도
그냥 흐르고 본다

바람이 분다
부는 방향을 모르는데도
그냥 불고 본다

나는 길을 걷는다
나는 길을 모른다
그래도 걷고 본다

정신을 차리고
내가 가려고 했던 방향을
힘주어 꾹꾹 밟으며 걸으면
결국은 넘어져 있다

누군가 이끌고 있는 게
분명하다

흐르는 길을 모르는 물도
부는 방향을 모르는 바람도

누군가 이끌고 있는 게
분명하다

고집부리지 말고
그냥 내 몸을 맡기면
넘어질 리 없다

흐르는 대로 맡기면
멈춰 설 일 전혀 없다

오늘도 길을 걷는다
방향을 몰라도 그냥 걷는다

나의 오래된 캐리어

일 년 내내 너를 잊은 듯
너에게 찾아와도
너는 투정 한 번 부리는 법이 없구나
푸르른 소나무처럼
우직하게 기다려 주었구나

에메랄드 향기 가득한 바다가 있는
바람이 예쁜 그곳으로
너와 함께 가련다

무엇이 그리 바빠 너를 찾지 못했을까?
무엇에 그리 빠져 너를 잊고 지냈을까?

이제,
나 때문에 생긴 상처들
나 때문에 생긴 멍 자국들
그곳에 놓고 오자!

이제,
한없이 파란 바다와

새하얀 모래가 가득한
햇살이 예쁜 그곳으로
너와 함께 가련다

자세히 보아야 알 수 있는 것들

가을빛 커튼 거두어지고
찬바람이 겨울의 시작을 알리던 그때
피곤한 잎들은 하나, 둘 떨어지고 있었다
편히 쉬라고 인사하려던 그때

잎들이 나에게 손짓하며 말했다
떨어지는 게 아니라고
찬란하게 바닥을 채우고 있었다고

하늘이 서러워 눈물 멈추지 않던 어느 날
주르륵 주르륵 내리는 너에게
멈추어 달라고, 너를 보면 서럽다고
화를 내려던 그때

하늘이 먼저 나에게 말을 건넸다.
하늘이 울어야 봄이 온다고
푸르름으로 움트는 싹과 만날 수 있다고

인생의 물음표만 가득하던 그때
점점 물음표와 닮아가고 있었다.

구부러진 등을 펼 수가 없어
점점 웅크려졌다

그때 느낌표가 찾아와 말했다.
웅크린 몸을 기지개 펴보면
아하! 하며 답을 얻게 될지도 모른다고

오늘도
인생이 말을 건넨다.
다시 곰곰이 생각할 때
다시 자세히 들여다볼 때
다시 등을 펴고 일어서 하늘을 볼 때
나에게 속삭이는 햇살을
듬뿍 받고 자랄 수 있다고

이별 후

너를 만날 때
많이 힘들었어
너의 뾰족한 말투, 사라진 표정들
식은 커피를 바라보며 한 동한 멍하니
아무 말 없던 그때
힘들고, 힘들고, 힘들었다

너 떠나가면
홀가분해질 줄 알았어

너 떠나가니 너로 인해 힘이 없다
뾰족한 말투, 너의 표정 볼 수 없어
힘들고, 힘들고, 힘들다

방이 이사를 간다

방이 이사를 간다
멀고 먼 그곳으로
방은 닫혀 지고 꽁꽁 얼어붙는다
아무도 들어올 수 없을 것처럼
따뜻함은 사라지고 차갑게 얼어붙는다

연초록 봄바람 문을 두드린다
방은 여전히 녹을 생각이 없다
노오란 햇살 찾아와 따스히 비추어준다
방은 단단히 얼어 녹을 틈을 주지 않는다

파고드는 따스함과
밀어내는 찬바람의 힘겨루기가 시작되었다
시간은 묵묵히 경기를 지켜본다
햇살은 여전히 그 자리를 비춰준다

어느 날,
녹지 않을 것 같던 그 방이
조금씩 녹기 시작했다

어느 날,
열리지 않을 것 같던 그 방이
열리기 시작했다

온기가 비집고 들어간 그날
나의 방은 녹기 시작했고
방이 다시 이사를 간다
햇살 가득한 그곳으로

부부

동글동글 구르듯이 살자!
아니 아니 반듯반듯 살 거야!

이쪽으로 꺾어야 길이 나와!
아니 아니 저쪽으로 갈 거야!

맴맴 매미소리, 숲 향기 맡으러 가자!
아니 아니 훠어이 파도 소리 가득하고
짠 내 가득한 바다로 갈래!

다르다 달라!
어쩜 이리 달라?

이런 우리 둘
그래도 같이 사네?

동글납작하게 반반씩 닮아
한 발짝씩 물러서 주며
그래도 잘 살고 있네?

칼로 물을 썰어봐라!
갈라지나!
언제 그랬냐는 듯
다시 붙어 잘 살고 있을걸?

당신 부모 내 부모 다른데
다른 건 당연하지!

지지고 볶을 때마다
참기름 살짝 뿌려
잘 살아보자!

곶감

주홍빛 물이든 10월 어느 날
땅으로 내려왔다
껍질은 온데간데없어지고
말끔히 벌거벗겨진 채로
꼭지에 고리를 걸고
나는 하늘로 돌아갔다

새 찬 바람에도 꿋꿋이 버티고
햇빛과 친구 되어
하늘에 매달려 있었다

어느덧
겉은 쫄깃하여지고
속은 꾸덕 해진다.
건들면 터질 것 같은

나와 작별할 시간이다
나는 예전에 너희가 알던
무르디 무른 홍시가 아니다

이제부터 나를
곶감이라 불러주기를
쫄깃 꾸덕한
곶감이라 불러주기를

멍 때리기

가끔은 멍하니
무언가를 바라보며
멍을 때린다
멍 때리기 대회라도 나가볼까?
그럼 우승 일 텐데

한곳을 뚫어지게 쳐다보며
마음을 내려놓고
모든 걱정거리 한시름 내려놓고
내 안의 우주로 여행을 떠난다

서재에 책들을 빼곡히 채우듯
하나, 둘, 채우지 않기로 했다
커피 한잔할 여유도 없이
바삐 살지 않기로 했다

가끔은 멍하니
생각을 비우고
다시 빽빽이 들어설
나의 푸르른 소나무 숲을 위해

비워본다
멍하니 내려놓는다

나에게 집중하는 시간

아침 8시,
한바탕 아이들과 전쟁을 치르고
엄마에서 나로 돌아와
하루 한 시간
오직 나에게만 집중하는 요가 시간

몸은 오래된 나무처럼 뻣뻣해져
건들면 부러질 듯 되어버렸고
학처럼 들고 싶은 나의 다리는
땅과 이별하기 싫은 듯
말을 듣지 않는다

그래도
서두르지 않고 천천히 몸을 일으켜
넘어져도 바로 일어설 수 있도록
지친 몸 일으킬 근육을 만들기 위해
힘차게 손을 뻗어본다

그래야
하루를 바로 살 수 있다

강해야
하루를 버틸 수 있다
유연해야
오늘도, 내일도 일어설 수 있다

추억의 도시락

배고픔을 달래기 위해
문득 찾은 오래된 밥집에서
추억의 도시락 메뉴가 들어온다
나도 모르게 스르르
추억 속으로 들어가
그 옛날 생각해 본다

우리 집은 삼 남매
점심 도시락 세 개
저녁 도시락 세 개
엄마는 얼마나 힘드셨을까?

점심, 저녁에 먹으라고
힘들여 싸주셨건만
이놈의 배는
1교시부터 꼬르륵꼬르륵
엄마는 아실까?
점심 도시락은
매번 1교시 후 먹었다는 걸

점심시간에 나는
숟가락 하나 손에 들고
이리 기웃 저리 기웃
한 숟가락 얻으러 다닌다

그래도 마냥 행복했다
바쁜 엄마의 삶을 고스란히 담아
달랑 김치 몇 점과 계란말이 네 개
급하게 부친 듯한 소시지 몇 개가 전부였지만
엄마의 온기가 서려있는
볼품없는 도시락이
얼마나 맛있었는지

지금은 찾아볼 수 없는
아련한 도시락 풍경들
문득 그리워진다
나의 어린 시절
1교시 쉬는 시간
추억의 도시락

아버지 사랑법

늘 그래야 하는
정해진 틀이 없는데도
왜 그리도 말을 아끼셨을까?
꺼내신 말이라곤
꾸중뿐이셨고
따뜻한 말은 모르셨기에
늘 말 붙이기 무서웠다

20살 무렵 나의 늦은 귀가에
아버진 매를 드셨고
다 컸다는 거만함에
반항 어린 말로 되돌려 주었다

그날 조용히 우시는 아버지를 보았다
우는 건 여자들이나 하는 거라고
배우셨던 걸까?
늘 속으로 우셨던 걸까?

옆집 아이들 다 신는 메이커 신발
너무 부러운 마음에

무서운 아버지 화내실까
조심스럽게 말을 꺼내 보았지만
역시 돌아온 말은 '안된다'
그러고는 며칠 뒤 내 책상에
고스란히 놓여 있는
번쩍번쩍 빛나는 새 운동화
처음부터 허락하는 법은 없었다

어느새 머리는 하얘지고
얼굴은 거뭇거뭇
세월의 흔적이 안쓰러운
우리 아버지

이제는 알 것 같다
등 뒤에 감춰진 아버지 사랑을

시작 노트 ─※

11월의 어느 날 나는 내 안의 생각들을 글로 써보기로 결심했다. 나의 결정들은 언제나 한가할 때가 아닌 무언가 분주할 때 자주 일어난다. 누군가는 무모하다 하고 누군가는 어리석다고 할지도 모른다. 하나의 일을 끝내고 하나를 더 시작하라며 말리는 이도 있었다. 하지만 생각이 내 머릿속에 생생히 살아있는 그때에 기록하는 것이 더 좋을 것 같다고 생각했다.

나의 글쓰기의 첫 도전은 시였다. 어떤 주제로 쓰기보다는 의식의 흐름대로 적어 내려갔다. 적다가 보니 내가 살아가는 인생 속에 겪었던 일들이 시가 되었다. 다이어리에 몇 자 끄적여 놓았던 시도 있었고, 시 수업을 듣다가 내 앞에 놓여 있는 캐리어를 보고 생각난 것을 적은 시도 있다. 문득 밥을 먹다가 추억에 빠져 기록해 보니 시가 된 것도 있다. 그리고 나의 인생에서 역시나 가족은 빠질 수 없는 존재였음을 시를 쓰면서 다시 한번 깨닫게 되었다. 우리에게는 모두 가족과 함께 누리는 작고 소소한 추억들이 있다. 따뜻하게 품어주었던 가족도 있고 모진 말로 상처를 준 가족도 있을 것이다. 하지만 가족이 있기에 내가 있고 성숙한 인간으로 거듭날 수 있었다.

시를 읽고 한 사람이라도 공감이 되고 위로가 되어준다

면 이 도전이 헛되지 않을 것이다..

제목처럼 꺼내들며 차 한잔하듯 시 한잔 하는 따뜻한 시집이 되기를 바래본다.

첫발을 내디뎌야만 길이 된다. 첫걸음이 모이고 모여야 인생이 된다. 2022년 끝자락의 도전이 계속해서 그다음 글들로 이어지기를 바란다

따뜻함을 마시는 카페,
따뜻함이 새겨지는 Web에서의
작은 끼적임···.

마법이 시작된다.

황지니

황지니   평범한 40대 중년의 직장인입니다. 출퇴근길에 블록체인이나 web3.0, 메타버스, NFT 등 이런 이야기가 흥미로워서 유튜브를 통해 보기도 하고 가끔 관련 서적을 구입해 읽기도 합니다. 누구나 그렇듯 다이나믹한 웹생태계에서 많은 것이 이뤄진다는 점을 직접 체험하기에 저의 유일한 놀이터인 웹에 대해 시로 담아내 보았어요. 글 쓰는것은 무척 어렵지만 재미도 있고 삶의 활력소가 되기에 온라인에 있는 나의 노트에다가 조금씩 끼적이고 있어요.

'이상을 현실로 그 대신 재미있게!'

그저 사랑하며 재미있게 살고 싶은 1인입니다.

인스타그램: @starland.15

이메일: love7576@kakao.com

블록체인 위에 새겨진 벽화

보이지 않는 것을 듣고 싶어
귀를 기울이다.
만지지 못하는 것을 보고 싶어
손가락을 더듬어 본다.

많은 시간이 흘렀다.
듣기도 하고 보기도 했다.
생각에 잠기기도 했다.

오프라인에서 흘려보내는 창작의 시간이
지루한 듯 지루하지 않은 듯 느껴진다.

시간, 쓰레기통에 던져버려야만 하나?
그곳에 들어간 시간을 끄집어내 새기는 건 어떨까?
시간이 존재하지 않는 그곳에다 말이다.

오프라인에서는 엔트로피를 만나고
온라인에서는 시간이란 흐르지 않는다.
시간이 흐르지 않는 그곳에
새겨보자.

적셔보자.

동굴 벽에 벽화를 새기듯
블록체인 위에
우리의 흔적을 새긴다.
창조의 새 물결이 흘러내린다.

WWW.

혼자 있다.
몇 시간 째 말이 없는 채.
바닐라 라떼가 쓰다.
쓴 라떼는 차가워 가고
내 마음도 차가워진다.
차가운 라떼를 놔두고
집으로 가야 할지
어디로 가야 할지
오늘도 나는 헤맨다.

차가움은
나를 더 헤매게 하고
유일하게 나를 머물게 해주는 건
인터넷, 랜선 속의
작은 끼적임….
여기는
한 인간의 놀이터인가?
손으로 만질 순 없는
그러나 볼 수는 있는
0과 1로 이루어진 세계
여기는 WWW.

성장으로 가는 슬픈 바다

대지 위에 서 있지만, 돛을 가지고 있다.
바다를 건너기 위해서다.
자유라는 이름의 섬을 향해 항해를 시작한다.

바다는 잔잔하지 않다.
세찬 바람이 불기도 한다.
여기는 어디인가?

사무실이 검푸른 바다 같아서 꿈인 줄 알았다.
너무 꿈같아서 순간 현기증이 났다.
여기는 검은 바다를 가장한 대지인가?
두 발은 대지를 딛고 서 있지만 짠 수분에 흠뻑 젖어 있다.

이미 배를 탔고
바다를 건너기 위해
돛은 날마다 바람을 만난다.
바람은 배가 앞으로 나아가게 하는 힘이다.

이곳은
성장으로 가는 슬픈 바다인가?

바다를 건너 자유라는 섬에 도착하기 위해
오늘도 나는 배를 탄다.
돛은 날아오르는 날개다.
날개를 달고 날아올라 섬에 도착할 것이다.

꿈속 속삭임

별이 투명한 창에 꽂히기 전이다.
밤이다.
나는 너에게 말했다. 사랑해.
꿈속 놀이동산에서 만나자.

너는 나에게 다시 물었다.
나중에 날 사랑하지 않아서 내가 운다면 어떡할 거야?
긴 팔로 비누 향기 나는 너를 감싸주며 또다시 말해 주었다.
영원히 사랑해. 이따 만나….
굿나잇.

째깍째깍….

별이 투명한 창에 꽂혔다.
새벽이다.
너는 분홍색 배낭을 메고 놀이동산으로 여행을 갔다.
방안이 조용했다.

분홍이불에 머리를 파묻고 귀만 내민 채 여행 중이다.
사랑한다는 말을 또 듣고 싶은 듯

귀만 내밀고 여행 중이다.

꿈이라는 그곳 놀이동산에서 기다리고 있어.
빨리 갈게.

얼른 잠들어서 나도 그곳으로 갈게.
뽀얀 너의 귀에 사랑한다고.
다시 속삭일게.

프롤로그

책의 첫머리에 서문 대신 쓴 시
나의 프롤로그
시
나의 시

오늘 하루가 저물어
지금 밤이 되어 가고
끼니도 거른 채
계속 글만 쓰고 싶은.
한 끼 밥보다 글 쓰는 게 더 행복한
......

오늘 쓰디쓴 잔을 맛보며
내 인생의 고픔을 곱씹었다.

나의 서문은
글로 비우고
글로 채우겠다는 욕망에서 나오는 시다.
이것이 나의 프롤로그다.

피아노, 종이컵, web 2.0

피아노 선율
그리고
다 비워진 종이컵
바닥이 드러난 컵

혓 속의 달콤함은 사라지고
피에는 카페인이 흐르며
뇌리에는 피아노 선율이 보인다.

몽롱한 작은 자유는
주말 오후를 차가운 현실이 아닌
뜨거운 랜선의 가상세계로
보내준다.

이곳 웹상의 글쓰기가
제2의 현실이며 기록이다.

피아노.
비워진 종이컵.
그리고
web 2.0

퇴근 후에는 밀크티와 함께

퇴근 후, 밀크티
퇴사 아닌 퇴근 후….
가벼운 마음으로
종이상자에 짐을 싸는 건 누구나 꿈꾼다.

지금은 퇴근 후.
따뜻한 밀크티와
함께하는 2시간짜리 자유.

짧은 숨이긴 하지만
숨을 제대로 쉰다는 게 느껴진다.
1시간이 흘렀다.

긴 숨을 쉬며 노트북 키보드에 두 손을 얹는 그 날까지
종이상자는 잠시 보이지 않는 곳에 넣어두자.
그때까지
점심 후에는 아메리카노를 마셔야 하고
퇴근 후에는 가끔 밀크티를 마셔야 한다.

밀크티를 마시고 있다.

노트북 전원은 켜져 있고
새 문서에는 커서가 깜박이고 있다.
2시간이 흘렀다.

날개를 든 청년

한 손에
재킷을 들고 있다.
재킷을 든
청년은 매일 한 걸음씩 나아간다.
나아가는
발걸음이 가볍길
기도한다.

손에 든 가벼운 재킷이
날개가 되어
오프라인과
온라인의 강에서
유유히 흘러가
날개를 펴고
높이 날아오르길
기도한다.

카페, 라떼, 바이

카페

카페

커피

라떼

카페 마감 시간.

집에 가기 싫음.

강제 퇴출 시간.

커피콩 향기가 옷깃에 스며들었다.

시간이 걷는 동안에

그 냄새가 희미해져 버렸다.

글이라는 씨앗을 클라우드에 심고 간다.

비가 내려서 싹이 날 것 같다.

....

지금은

가야 한다.

카페.

라떼.

바이.

제2 막

잠이 온다.
밤이 깊다.
글을 쓰고 싶다.
잠이 온다.
글을 쓰지 못하고
잠이 들고 만다.

잠에 빠져 깊은 밤이라는
제2막이 열린다.
잠이라는 무대
여기서 글을 쓴다.
굿나잇….

시작 노트 —※

글을 쓸 때 주로 즐겨 가는 카페를 가거나 가족들이 외출하고 난 뒤 혼자 식탁에 앉아 AI 스피커를 켠다. 그리고 카페라테와 함께 나의 말 없는 친구들인 노트북이나 스마트폰으로 시를 끼적이곤 했다.

이 시대를 살아가는 수많은 직장인 중 한 사람으로서 퇴근 후 지친마음보다 휴식과 희망의 날개를 맘껏 펼칠 시간과 공간이 필요했다.

오프라인에서는 카페와 내 집, 식탁이라는 공간이며 온라인에서는 web2.0 또는 web3.0이라는 공유된 공간이 유일한 나의 놀이터다.

나에게 이 두 공간은 지친 나를 감싸주고 쉬게 하는 유일한 곳이기도 하다.

여기에 따뜻한 라떼까지 함께한다면 천국이나 다름이 없다. 적어도 나에겐.

지금 이 시각…. 가족들이 모두 깊은 잠에 빠져 바삐 살았던 하루를 따뜻한 침대 속에서 포근함과 안락함으로 보상을 받으며 쉬고 있을 때 여전히 나의 노트북에 불이 켜져 있다.

지금 바로 이런 시간과 공간에 머물며 가족과는 또 다른 형태로 보상을 받고 있다. 시, 글이라는 작은 끼적임을 내 맘껏 펼칠 수 있다는 보상.

이런 시간과 공간에서 시들이 세상에 나왔다.

작은 끼적임 들이 지친 나에게만 힘이 되어 주는 것이 아니라 이 시를 접하는 소중한 독자분들에게도 희망의 메시지, 휴식의 메시지가 되었으면 하는 바램으로 써 내려갔다.

많은 이 들이 각자의 현장, 직장이든 학교든 가정이든 커피나 차로 하루를 시작하고 노트북, 컴퓨터, 스마트폰 등과 같은 기기들로 작업을 하고 성과도 내며 경제생활을 영위하고 있다.

이러한 일련의 모든 것들이 web2.0, 나아가 web3.0까지 연결되어 떼려야 뗄 수 없는 우리의 생태계가 되었다. 이러한 현상들을 시로 담고 싶었다.

나 또한 온라인과 오프라인의 강에서 헤엄을 치고 있으며 자유형이든 배영이든 살아남으려는 몸부림이었다. 이것을 시로 나타내보았다.

우리 모두 배를 탔다. 배의 형태와 종류는 다를 것이다. 배를 젓는 노도 각자 다를 것이다.

그러나 모두 다 경제적자유나 사랑, 행복, 건강, 성공이라는 섬에 도착하고 싶을 것이다.

가는 과정이 힘들게 느껴지지만, 희망이라는 돛을 달고 각자 원하는 섬에 도착하게 될 것이다.

우리 작은 끼적임의 산물들이 개인 클라우드에서 싹을 틔워 공유의 공간에 업로드되고 거대한 나무로 자라 온라인에서 열매를 맺기를….

이것이 오프라인에서 기쁨의 비가 되어 내리길 간절히 바래본다.

꾸며도 꾸미지 않아도
아름다운 그녀처럼

구자은

구자은   주관이 뚜렷하고 개성이 강한 사람이면서 반면 서정적인 것과 클래식 고양이와
강아지를 좋아하고 그림 그리는 차분한 시간을 좋아하며 글로도 사랑과 제 생
각을 표현하는 것이 익숙하고 즐거운 예비 작가입니다. 이성적인 사람임과 동시
에 또한 지극히 감성적이므로 그 조화를 즐기는 사람이며 정적인 시간과 동적인
시간을 즐길 줄 아는 사람입니다.

제가 좋아하는 말 꾸며도 꾸미지 않아도 아름다운 그녀처럼 글로 여러분께 다가가
제 글을 읽는 분들께 잠시나마 편안함과 여유를 선사하고 싶습니다.

인스타그램: @queenly.koo

내가 좋아하는 목련 꽃들도 만발해지는 삼월즘

언제부터인가 내게 따뜻한 사랑과 행복이 문득 찾아왔어.

네가 찾아왔어.

늘, 이라는 단어가 어울리게 된*

행복한 멜로디가 가까이에 있는 소중한 요즘*

22년 3월

from jaeun.koo

보드러운 고양이

인생속에 고양이를 더하면,

행복의 합은 무한대가 된다라고 이야기 하는 체코시인
마리아 릴케*

사랑은 그리고 행복은 말이야*

흥미로운 부드러운 고양이 같아.

만지면 늘 몽글몽글하구 귀엽구 또 따듯하구 보드러워*

그려보는 나*

살면서 가장 많이 보게 되는 것은 자신이라고 하잖아?

난 늘 마주하는 내 모습을 보며 나를 그려봐*

기분좋고 즐겁지 않아?

자신을 색채로 표현한다는 거*

그리고 화음으로 글자로도 나를 표현한다는 거*

나의 cat's

Part1 #이로

이 친구는 늘 지긋이 나를 바라봐*
내 마음을 모두다 알고 있는게 분명해*
왜냐하면
*
있잖아 *
내 마음을 다 보여 줬거든*

part 2 #사랑해

고양이들은 서로보다 인간한테 이야기를 더 많이 한다잖아?
늘 내게 뭐라고 이야기들을 하는 걸까*
듣고 싶어* 알고 싶어*
내가 느끼는 말보다 더 많은 이야기들을*
늘 내게 하고 있는 것 같아..*

봄이 오는 소리

벚꽃 그리고 진달래,
그리고 내가 좋아하는 기분 좋아지는 목련 꽃들*

이제 곧 있으면 그러면,
그 예쁜 모습들을 뽐내어가며 꽃 피워 춤 추겠지?

이맘때쯤이면 기다려지는
긴장감 속 뒤에 곧 만나게 되는 참 반가운 환희.

그리고 좋아하는 chopin nocturne 들 중 몇 곡*

있잖아*
목련꽃의 꽃말은 숭고한 사랑과 이루어 질수 없는 사랑을
가졌데.

숭고한 사랑은 영원했으면..
그리고
가슴 아픈 사랑은 일생에 한번이였으면..해*

you

파란 하늘을 수 놓는 구름,
소복한 구름속을 늘 지나 다닌다?

하늘을 날며 그곳에서 늘 세상을 바라보는 일,
희로애락을 그곳에서 생각하며 정리한다는 거.
또 하늘 위에서 길을 찾으며 수많은 사람들을 책임지고 있
었다는 거.

네 마음속 한 편에 자리잡고 있는 파란 하늘처럼*
*
멋진
*
일이야*

비행기를 좋아하며 또 파일럿이였던 you에게 *

어떤 동행

수많은 이야기들이 들어있어.
그래 빠져 있는 이야기들 보다도.. 보물상자 속의 많은
이야기들이*

미켈란광장에서 바라보던 아름다운 작품 같던 피렌체의
모습들* 그리던 파리의 미술관들속 예술향기, 로마의 웅장
했던 버티칸과 예쁜 트레비*
궁금했던 밀라노 거리와 두오모 광장*
피카소의 나라 스페인과 물의 도시 베네치아*
예쁜 색체들로 칠해진 수채화 같은 소렌토와 친퀘레테
해안마을, 하와이의 키큰 야자수들과 해변, 푸른잔디*
귀여운 마리오네트가 떠올려지던 가보고 싶었던 프라하*
기분 좋아지는 프랑크푸르트 공항 라운지, 예쁜 세계의 수
많은 비행기들*
따뜻했던 곳들의 푸른 잔디들*

그리고 무엇보다 당신과 나만이 아는 이야기들* 시간들*
당신의 예쁜 마음들이 나 많이 고마웠어*

22년 동행

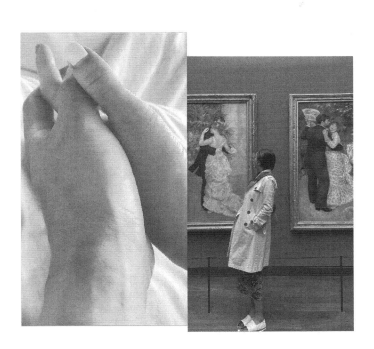

긴 여정

인생은 말이야.
꼭 긴 여정 같아.

수없이 반복을 해*
어딘가에 도착해 곧 다시 출발하는 모험을*

*

수없이 말이야.*

난 말이야

있잖아 난 말이야*

네가 선사하는 나를 생각해 주는 사소함들로,

또 나를 서운하게 하는 사소함들로,

얼마나 행복해지고,

얼마나 속상해지는지 몰라*

달빛

오묘하며 예쁜 달빛이 언젠가 눈에 뜨일 때에는*
자꾸 보게 되는 걸*

나는*
하얀 구름들이 예쁘게 수놓은 파란 하늘을 좋아하지만
말이야*

오늘은 네 모습을 찾아봐야겠어*
참 반갑게 *

그리고 가을

하늘이 높은 푸른 가을 하늘에*
잔 구름들이 몽글몽글해 예쁘기만 한 가을이야.
하늘하늘 코스모스 환하게 웃음 짓는 가을이야.
바스락 거리는 발자국 소리 듣기 좋은 가을이야.
따사롭지만 선선한 바람 서로를 찾으며 어울리는 가을이야.

하지만

누군가와 마주하고 있어도 마주하고 있지 않아도
외로운 게 가을이야.
*
마치 수많은 생각을 품고 있어 표현하려다..
여백을 더 많이 남겨버린 도화지 한 장처럼..*

이야기

잔잔하게 흐르는 강물 옆에서*

잔잔한 선율과 함께 물이 들어가는 저녁하늘 밑에서*

잔잔한 이야기들을 네게 하고 싶어*

마구 소곤소곤 간지럽게 말이야*

의지

"의지"
인간이, 인간이 아닌 생명체들과 크게 다른 부분중의 하나.

"부류가 다른 의지"
인간과 인간이, 서로 다른 부분중의 하나.-

지나간 그리고 지금

생각해 봤어.
지난 시간 내 목소리들이 마주하는 곡과 지금 내 목소리가
마주하는 곡들*
지난 시간 그린 내 그림들과 지금 그림들*

내 표현에 있어 늘 정해진 답은 없어.
하지만 반드시 표현되는 정해진 부분들이 분명 있어.

인생의 책장도 마찬가지 인 것 같아.
수많은 이야기들과 함께 당연하듯 정해져 적혀져 버린
부분들이 그 속에 있다는 거*

아름다운 곡도 삶처럼 한 마디 마디가 어우러져 이루어져
끝을 맺고, 아름다운 그림도 선과 색이 그리고 생각이 만나
한 폭의 그림을 완성하고, 그곳에는 그리고 반드시 표현되
는 내 모습이 있다는 거-

시작 노트 —※

*

내게 소중한 것들을 떠올려 보며 표현해 봤어요*
어떤 존재들, 수중한 기억들, 시간들을 말이죠*.
나라는 사람의 책장 속에는 참으로 수많은 소중한 부분들
이 들어 있지만, 이맘때쯤 이곳에 표현해 보고 싶었던 부분
들을 펼쳐봅니다*
*

좋아하는 또 하나의 어떤 작가의 글귀가 있어요*
"나의 좋은 생각이 좋은 사람과 좋은 시간들을 부르고,
내 예쁜 생각이 예쁜 나를 만든다."

*

좋은 생각만을 갖기에는 세상은 우리들에게 그리 관대하지
만은 않지만, 늘 생각을 더욱 가꾸기에 노력하고, 모습을
가꾸기에 늘 노력하고 있습니다.
*

로마의 한 교육자이자 작가는 사랑이 있고 없다는 표현을 로마신화속 이야기를 빗대어 에로스 신이 함께 하고 있다, 멀어졌다로 재미있게 표현한다고 이야기 합니다. 생각을 기록하고 가꾸며 표현하는 이 행위를 접할 때 에로스 신은 늘 저와 함께 해주는 듯해요. 그리고 살아가는 동안 끊임없이 또한 그래주기를 바래봅니다*

이 책을 접하는 분들께 2023년도 사랑과 행복만이 가득하기를 바라며*
22년의 12월 jaeun.koo

우리 시(詩) 한잔 해요

발행 2023년 3월 1일
지은이 박범진, 망우, 임절미, 송지영, 이상미, 방미연, 황지니, 구자은
라이팅리더 여한솔
펴낸이 정원우
펴낸곳 글ego
출판등록 2019.06.21 (제2019-000227호)
주소 서울특별시 강남구 테헤란로216, 12층 A40호
이메일 writing4ego@gmail.com
홈페이지 http://egowriting.com
인스타그램 @egowriting

ISBN 979-11-6666-286-7